CATALOGUE

D'UNE COLLECTION

DE

TABLEAUX

ANCIENS

Des Écoles Italienne, Flamande, Hollandaise, Allemande,
Espagnole et Française,

PROVENANT DU CABINET D'UN AMATEUR ÉTRANGER

DONT LA VENTE AUX ENCHÈRES PUBLIQUES AURA LIEU

HOTEL DES COMMISSAIRES-PRISEURS

RUE DROUOT, 5

SALLE N° 5

Le Mardi 21 Mai 1861, à une heure.

Par le ministère de M⁰ **DELBERGUE-CORMONT**, C⁰ˢ-Priseur,
rue de Provence, 8,
Assisté de **M. DHIOS**, Expert, rue Le Peletier, 33,
Chez lesquels se distribue le présent Catalogue.

EXPOSITION PUBLIQUE

Le Lundi 20 Mai, de une heure à cinq heures.

PARIS

RENOU & MAULDE

IMPRIMEURS DE LA COMPAGNIE DES COMMISSAIRES-PRISEURS
Rue de Rivoli, 144.

1861

EXEMPLAIRE DE DHIOS

CATALOGUE

D'UNE COLLECTION

DE

TABLEAUX

ANCIENS

Des Écoles Italienne, Flamande, Hollandaise, Allemande,
Espagnole et Française,

PROVENANT DU CABINET D'UN AMATEUR ÉTRANGER

DONT LA VENTE AUX ENCHÈRES PUBLIQUES AURA LIEU

HOTEL DES COMMISSAIRES-PRISEURS

RUE DROUOT, 5

SALLE Nᵒ 5

Le Mardi 21 Mai 1861, à une heure.

Par le ministère de Mᵉ **DELBERGUE-CORMONT**, Cʳᵉ-Priseur,
rue de Provence, 8,

Assisté de M. **DHIOS**, Expert, rue Le Peletier, 33,

Chez lesquels se distribue le présent Catalogue.

EXPOSITION PUBLIQUE

Le Lundi 20 Mai, de une heure à cinq heures.

PARIS

RENOU & MAULDE

IMPRIMEURS DE LA COMPAGNIE DES COMMISSAIRES-PRISEURS
Rue de Rivoli, 144.

1861

CONDITIONS DE LA VENTE

Elle sera faite au comptant.

Les Adjudicataires paieront, en sus du prix d'adjudication, CINQ POUR CENT applicables aux frais.

DÉSIGNATION

DES

TABLEAUX

ÉCOLE FRANÇAISE

BOUCHER.

16. — 1 — Groupe de quatre enfants représentant les Arts.

DE BAR.

73. — 2 — La Vendange.

CLAUDE LORRAIN (genre de).

128. — 3 — Port de mer italien.

CLAUDE LORRAIN (école de).

19. — 4 — Paysage.

FRAGONARD (H.).

119. — 5 — Femme nue.

(Esquisse.)

GUASPRE POUSSIN.

81. — 6 — La Grotte de Tivoli.

GUASPRE POUSSIN.

7 — Paysage avec saint Jean sur le premier plan.

DU MÊME..

8 — Paysage historique.

DU MÊME.

9 — Paysage avec chasseur.

GÉRARD (école de).

10 — Femme effrayée.

GREUZE (d'après).

11 — La Lecture de la Bible. (Esquisse.)

GREUZE (école de).

12 — Jeune garçon tenant un livre.

LAGRENÉE.

13 — L'Amour endormi.

LANCRET.

14 — La Cariole.

(Composition gravée.)

LARGILLIÈRE.

15 — Portrait de jeune femme.

MILLET (F.).

16 — Paysage historique.

MAURIN.

17 — Académie de femme.

PATEL.

18 — Paysage avec architecture.

PATER.

19 — Les Amants heureux.

(Composition gravée.)

POUSSIN (école de NICOLAS).

20 — La Manne.

STELLA.

21 — La Vierge et l'Enfant Jésus.

TRINQUESSE.

22 — Famille d'artistes.

DU MÊME.

23 — Portrait de femme.

VERNET (école de JOSEPH).

24 — Paysage avec cascades.

ÉCOLES FLAMANDE & HOLLANDAISE

PAUL BRIL.

25 — Paysage avec le Christ recevant le baptême.

REMBRANDT (école de).

26 — Portrait de Sobieski.

BREEMBERG.

27 — Ruines d'une église gothique.

BACKHUYSEN (LUDOLF), signé.

28 — Marine avec bateaux pêcheurs.

BERGHEM (d'après).

29 — Le Passage du bac.

BERGHEM (attribué à).

30 — Halte de villageois près de ruines.

CUYP (attribué à).

31 — Animaux dans un pâturage.

CRAYER (GASPARD DE).

32 — Le Sommeil divin.

DIETRICH.

33 — Jésus chassant les vendeurs du Temple.

DU MÊME.

34 — Jésus punissant les usuriers.

FYT (JEAN).

35 — Gibiers, fruits et fleurs.

HAALS (F.).

36 — Portrait d'homme.

HOBBEMA (d'après).

37 — Paysage boisé.

HOLBEIN (école de).

38 — Portrait de jeune femme tenant une pensée.

HÉDA.

39 — Nature morte.

HAALS (attribué à F.).

40 — Portrait d'homme coiffé d'un chapeau rond.
Il tient un verre à la main.

JEAN MIEL.

41 — Port de mer.

JORDAENS (Jacques).

42 — Un Festin chez Hérodiade. (Esquisse.)

OTTO VÉNIUS.

43 — Portrait d'une dame de distinction.

PORBUS.

44 — Portrait de femme avec collerette.

POTTER (Paul), signé.

45 — Quatre vaches dans un pâturage.

PEETERS (Bonaventure.)

46 — Marine Tempête.

RUYSDAEL (attribué à J.)

47 — Marine.

RUYSDAEL (Salomon).

48 — Marine.

RUBENS (attribué à).

49 — Cyrus et Thoméris.

RUBENS (attribué à).

50 — Daniel dans la fosse aux lions.

RUYSDAEL (attribué à).

51 — Paysage boisé, orné de figures.

RUBENS (école de).

52 — Hersilie et les femmes romaines se jetant entı Romulus et Tatius.

(Esquisse.)

SLINGLAND.

53 — Le Christ en croix.

THOMAS WYCK.

54 — Port de mer avec un grand nombre de figures.

VAN KESSEL.

55 — Paysage boisé.

VAN ARTOIS.

56 — Paysage orné de figures.

VAN DER KABEL.

57 — Vue du port de Gênes.

VAN DYCK (école de).

58 — Suzanne au bain.

VAN ECKE.

59 — Nature morte.

VAN DYCK.

60 — Portrait d'un apôtre.

(Très-belle esquisse.)

VAN ACHS.

61 — Paysage avec pêcheurs.

VAN DER POEL.

62 — Basse-cour.

VAN DER BENT.

63 — Paysage et animaux.

WOUVERMANS.

64 — Halte de Cavaliers dans un camp.

DU MÊME.

65 — Les Relais flamands.

(Gravé).

WINANTS (d'après).

66 — Paysage avec troncs d'arbres.

WÉNIX (J.),

67 — Lièvre et attributs de chasseur.

WOUVERMANS.

68 — Cavaliers près d'une tente.

(Esquisse).

ZÉEMAN.

69 — Incendie du pont Notre-Dame.

ÉCOLE ITALIENNE

ALBANE (école de).

70 — Les Forges de Vulcain.

DU MÊME.

71 — Le Temple des plaisirs.

ANDRÉ DEL SARTE (attribué à).

72 — La Sainte Famille.

BARROCHE.

73 — La Déposition de la Croix.

CARRACHE (école de).

74 — Diane et Actéon.

CARRACHE (Louis).

75 — La Mise au tombeau.

CORRÈGE (école du).

76 — Groupe d'enfants soutenant le blason des Médicis.

CORRÈGE.

77 — Fragment d'une coupole.

(Esquisse).

DOMINIQUIN.

78 — Bacchus et Ariane.

FRA BARTHOLOMEO.

79 — Saint Paul armé du glaive.

GUARDI.

80 — Vue de Venise.

HERMAN D'ITALIE.

81 — Paysage avec berger sur le devant.

DU MÊME.

82 — Paysage. Soleil couchant.

LUINI.

83 — Le petit saint Jean.

MICHEL-ANGE DES BATAILLES (dit le Chevalier Maltais).

84 — Deux superbes compositions de salle à manger.

PARMÉGIANI (attribué à).

85 — Sainte Famille.

PHILIPPE NAPOLITAIN.

86 — Bataille.

PULLIGO.

87 — La Vierge, Jésus et saint Jean.

ZURBARAN.

88 — Apparition à saint François.

RAPHAEL (école de).

89 — Saint Jean.

RAPHAEL (école de).

90 — Sainte Famille.

SASSO FERATTO.

91 — La Vierge et l'Enfant Jésus.

SALVATOR ROSA.

92 — Paysage.

SÉBASTIEN DEL PIOMBO (attribué à).

93 — Saint Jean l'évangéliste.

TITIEN (école de).

94 — La Madeleine.

TITIEN (attribué à).

95 — La Madeleine.

· VÉRONÈSE (ALEXANDRE).

96 — Mars et Vénus.

ÉCOLE ESPAGNOLE

ASSELYN (JEAN).

97 — Paysage avec figures et rochers.

HERRÉRA (le vieux).

98 — Saint en prière.

MURILLO.

99 — Saint Jean.

MURILLO.

100 — Les Chanteurs ambulants.

DU MÊME (attribué à).

101 — L'Assomption de la Vierge.

RIBERA (dit l'Espagnolet).

102 — Six Tableaux représentant des philosophes.

VELASQUEZ (attribué à).

103 — Saint Michel-Archange.

PENNI.

104 — La Sainte-Famille entourée de saintes femmes
et d'un ange.

ÉCOLE ITALIENNE.

105 — Deux Sujets biblique.

(Très-belle esquisse en grisaille).

MÊME ÉCOLE.

106 — La Vierge et l'Enfant-Jésus.

MÊME ÉCOLE.

107 — Le Christ au roseau.

MÊME ÉCOLE.

108 — Martyre de sainte Catherine.

MÊME ÉCOLE.

109 — Le Père Eternel.

ÉCOLE ITALIENNE.

110 — Jugement de Pâris.

MÊME ÉCOLE.

111 — Sainte Catherine.

MÊME ÉCOLE.

112 — La Religion.

ÉCOLE VÉNITIENNE.

113 — La Vierge, Jésus et sainte Catherine.

MÊME ÉCOLE.

114 — Portrait du comte de Mansfelt.

MÊME ÉCOLE.

115 — Portrait d'homme.

ÉCOLE ROMAINE.

116 — Sibylle.

ÉCOLE ESPAGNOLE.

117 — Joseph expliquant le songe.

ÉCOLE DE SÉVILLE.

118 — Saint Antoine de Padoue tenant l'Enfant-Jésus dans ses bras.

ÉCOLE FRANÇAISE.

119 — Les Bulles de savon.

MÊME ÉCOLE.

120 — Portrait d'une actrice jouant le rôle de Rosine.

ÉCOLE FRANÇAISE.

121 — Portrait d'Henri IV.

MÊME ÉCOLE.

122 — Portrait de femme.

MÊME ÉCOLE.

123 — Suzanne au bain.

ÉCOLE HOLLANDAISE.

124 — Marine.

MÊME ÉCOLE.

125 — Petit Paysage.

MÊME ÉCOLE.

126 — Portrait de femme.

ÉCOLE FLAMANDE.

127 — Le Baptême de Jésus-Christ.

ÉCOLE FLAMANDE.

128 — L'Alchimiste.

129 — L'Astrologue.

(Deux pendants).

ÉCOLE ALLEMANDE.

130 — Le Christ devant Pilate.

RENOU et MAULDE, imprimeurs de la Compagnie des Commissaires-Priseurs,
rue de Rivoli, 144.   3229